系統樹に灯る

駒ケ嶺朋乎

思潮社

系統樹に灯る

駒ヶ嶺朋乎

思潮社

目次

よすみの耳で以て夜をひらく　8
遠来　12
氷菓スペクトル　16
むい　も　うい　もおなじむじなの　18
さび川リバー　22
穏やかなる思惟に触れて　26
ある朝の日常　30
うしろの空がきんいろだ　32
波からなる都市　36
草枕、それは風を伴う　40
飛ばない、揺れない、夢を見ない　44

さくらの花弁、どこに還る　48
返歌　うしとみしよぞ　54
ヤドカリ百年史　60
石英の熱特性に応じた使い方　64
光ル　70
ひかりのみなもと　74
詩人の爪　80
読むことに労力の要る書物　84
系統樹に灯る　90
あとがき　94

装画＝宴車
装幀＝思潮社装幀室

系統樹に灯る　駒ヶ嶺朋乎

よすみの耳で以て夜をひらく

日射しが
一番長く傾く
沈むまでの数分の間に
輝きをとどめる
西の山肌、まばゆい、その右肩より少し上に
その時にはひと目を少しも引かず
ひっそりとにじむ、にび色の部分があり
にび色の耳　その余剰　こそが
夜の持ち手だ
そこから夜をひもとこうと思う

踏みしめた土のにおいとともに
あたりに黒い靄《もや》
それはやさしさ
落ち着き
ひんやりとした心地よい空気が満ちる
冷えてくるとしかし
指先の傷跡にはちりちりとした痒みが起こり
むかしそこが傷だったことを
思い出したりもするが
いまではもう痛みはない
この暗がりに
見えなくていいものは見えない
この手
指先が繰り出せるのは
なにも砂文字だけではなくて
笑顔や

歌

やわらかな幸福が
白く灯る
夜の百合
あたりをぼんやりと照らすその
夜の形にひらく管楽器、その耳で

　よくお聞き
　そしてすぐに忘れてしまいなさい

強く空気を振動させて
肉厚の花弁、即興の管楽器が夜を奏でる
音が届くより少し前に、耳介にじわりとくるあの感覚は何のため

遠来

桜が咲くといいな。
街が浮かれるといいな。
熱みたいに花が咲けばいい。
春には火が燃えるみたいに花が咲く。
ある日最初の雪解けに、
まずつぼみが破裂して
音をたてて冬が崩れる。
聞こえなかった川の音と
聞こえるはずのない花の咲く音で、
春にはここらはとてもにぎやかになる。

残雪が風鳴りを吸収して、
雪解けのごく初めにだけ、
めりめりとつぼみの裂ける音が響く。
花からは温かい湯気が立ち上《のぼ》り
真昼の雪の湿った空気に
花の香気がだるく、けむる。

あるいは花はゆっくりと咲くもので、
そんなふうに花が咲くと、
ゆらゆらと空気がふるえて、
花の向こう側に立つ者が
誰だかわからなくなるほど
光がゆがむ。
花の熱に浮かされながら
かすかな音を確かに聞く。
それはいのちと冬との温度差で

空気がふるえて、
その振動が音として、
鼓膜をゆるがすせいかもしれない。
どちらにしろ
それは一つの啓示のように
春の生き物すべてをつき動かす。

もうすぐにでも春がくるよ。
わかるんだ。
ほら、
春になるとあの癖がでちゃうから、
わかるんだ。
ほのお、みたいに花が咲くよ。

氷菓スペクトル

濃紅色の春、続いて淡緑色の初夏が来た
上野のマゼランペンギンペンギン舎にも桜降る
ペンギン舎に紛れ込んでじっと餌を狙うアオサギにも、それから
不忍池を旋回するユリカモメ、
ほとんど動かないで絶好の被写体に甘んじているハシビロコウにも
吹雪、はらはらと
桜祭りと銘打ち
アイディアを思いついた時みたいに一人一人の頭上に提灯が灯る上野を

　昨年はふるえて押し黙っていた花蕾がね、

それと木々の芽もね、
破裂して
小さな祝杯があちらこちらで聞こえてくるのだけど。
こういった類の音は、
聞こうとすると聞こえる。こうした類の福音は。
耳をそばだてている側の問題だけども。

われに、五月を
いまからこの陽気にもってこいの氷菓の屈折で
分光するよ
水色（サイダー・標準）、黄色（マンゴー・期間限定）、
それと赤（リンゴ・地域限定）、これは虹色のスペクトル
何色、何味
いずれに分かれるもよし
種子飛ばす綿毛飛ぶ
ハシビロコウとうとう鳴く、初夏

むい　も　うい　もおなじむじなの

むい、いや、ウイだなぁ。この日々。
無為、いや、憂いだなぁ。
有為だよ。ういの奥山、だわ、この日々。
有為はユウイじゃないよ、ウイって読む時の話だよ。
「ゆ」はあとで「夢」に使うためにとっとくんで
ういの奥山になる。
「浅き夢見じ、酔ひもせず」
ゆうい、と読まずに、うい、と読むと
「将来有望」からとたんに「無常ではかない」に
暗転する。夢のためにとっとくと、そうなる。

そういうはめになる。
なんにも
意味がない、というか
過ぎ去っていく。
つねならず。
変わり続ける。
でもそもそも暗転なのかどうか。
近年では変わることをポジティブととらえる向きもある。
変わらなきゃ！と焦らせる
けれど
「いろは歌」では変わってしまったことをすごく嘆いているよ。
嘆いてなくてただ淡々と事実を述べている、ようにも読めるけど。
浅い夢さえ見ない、酔うこともない。喜んだり悲しんだりしない。
喜んだり悲しんだりしていい若いもんが、
「いや、そういうのはしないと決めてる」、なんて詠むってことは
とても切ないことだね。

さてどちらがいいものか。
無為と有為とのどちらをポジティブにとらえようか
と迷うので
ムイちゃんもウイちゃんもおなじ穴のむじなで
本当は表裏一体というのが本当でしょう。そうしよう。
どちらが鏡像で、すなわち虚像なのか。
さかさまなのはどちらなのか。
見えているのに存在しない、あべこべなのは
有る為、それとも無い為なのか。

永遠ってやつ。

本当に永遠なのは
変わらないでそこに有ることなのか
それともひょっとして変わらないでそこに無いことだけが
永遠と呼べるのか

などとうっかりポージングしてしまったが
けれど、本当は、
かたちは似てるけど対になる言葉じゃない、
ってのが正解でしょう。そうだろう。

あの、でも、論が高まったいまだからこそ、
いまだからこそなんですが、その……
根源的な問いを。
むじなの実在性について。
ムジナ様、一体、
一体あなたは、
どんな姿をなさっておられるのですか。
カワウソですか、イタチですか……

さび川リバー

これはすばらしいものを見た。
一つ目「ネジリバナ」
陽あたりがよく、公園など手入れされた芝生に自生する
らせん状に花弁を結ぶ小さな野花。
陽のあたる場所　に　自生　しているってのがいい。
陽の当たらない場所はもういやだ。願わくば
温かくて明るい庭でなんてことなく自立して生かされたい。

これはすばらしいものを見た。
二つ目「蛇尾川」

栃木県南部のなんてことない一級河川
「さびがわ」と読むのがいい。
さび、の新たなる表記を収集した。
「錆」だったり「寂び」だったりしてきたけども
今日のさびは蛇の末端。そもそも川ってものが
蛇の続きのその端っこであってもいいのではないかとさえ思う。
川は蛇に、蛇は川に、地続きの存在であった。
へびはそもそも　尾《び》　を含んだ単語であるのだから
蛇に尾を重ねるのは冗長表現ではないか。
あるいは　尾　とは、長細いものを言っているのだとすれば
だとすれば
「Sabigawa river」なんて英語の看板でもあれば、
これはもう川川川川って書いてあるのと同じなわけで
これはすばらしい
無名河川ってことだろう。innominate river
無名動脈みたいだ。ただ単に川であるということ

それを名に冠した川の中の川。
雨が降れば川はさらに天地とつながるわけだから、
壮大な蛇の拡がりを見せてくれるだろう。

これはすばらしいものを見た。
三つ目「前方後円墳」
埼玉《さきたま》県に点在している
古墳群
石造りの丘
　地上絵みたいに上空から見れば
鍵穴そっくりなんだけど。鍵はどこ。鍵は何。
空と芝生の遠さと近さ
いまはもういない人たちが造ったものがそこにあって
意味づけが変わっても貴重な
祖を可視化する親近感と近寄りがたさが混在する。
小学生の頃、意味もわからず暗記した

金錯銘鉄剣の碑文が起こす奇妙な感覚

辛亥の年、七月中に記されたとある家系譜。
ソノ子、名ハタカリノスクネ、ソノ子、名ハテヨカリワケ、ソノ子名ハハテヒ
ここでは地の古文より遠さを感じるのがむしろ名前だったりする
代々、じょうとうしんの主となり、のほうが意味がすっと入ってくる

記憶の果ての不思議な感情を呼び起こす
よく知っている
あの感じ。
知ろうとしない限りひもとかれない近寄りがたさが。

穏やかなる思惟に触れて

くぼみが
うつろな眼差しを向けている。
晴れた日、
長岡百穴に来た。
国道に面した横穴式墳墓群である。
垂直に照りつける日中の陽射しに
対照的な数十基の暗がりであった。
近寄ってみると
思いのほか浅い
眼窩のように浅い

眼光のように遠い
入り口のように見える。
昨日の雨を清浄に濾過して
一つ一つの陥凹《かんおう》が気持ちよく冷やされて
風を含む。
水滴をさらなる深層へ送る途中に
ぽっかりと開いた
実に窓そのものじゃないか。
墓だと忘れてから人が住居にして鍋を持ち込んだ形跡がある一方で
それでもなお、禁足の畏怖を忘れておらず
近世の様式で
眼球もしくは御霊のあるべき岸壁に
磨崖仏を彫り込んだ者がいる。
半跏思惟像が多い。
水をたたえた
穏やかな思惟に触れ

そのため真昼は晴れている。

カビの中に千年の葬祭の薫りがする。
その上に伝来の信仰、その上に
戦乱、その上に
日常の畑作が連綿と続いて、晴れ。
重なる歴史に、
来訪者の塗り重ねた様々の来歴に
私もまた、
聞いてくださいよー、と
汗を拭いながら
ここ一ヶ月の出来事を
数基分、報告した。
人工的に天窓をくりぬいた跡のほか
雨水の浸食、苔むし、木々を生かす様々の力、
それから人を生かす様々の力がみなぎっている。

自然の内に決壊するその中途、
全地球史からみれば
そう遠くない祖《オヤ》の気配がする。
それからまた夏がすごいんだ、この土地は。

ある朝の日常

春のごく短い期間を終えると注目されずにひっそりと立ち尽くす桜並木
なんの変哲もない並木道の根元に苔がむしている。
桜のために四十年前にしつらえられた樹木用の花壇には
足を踏み入れる無礼な輩はそうそういないので
様々の種類の苔が這う、伸びる、胞子嚢を咲かせる
ひっそりと明るい繁栄が広がっている。
急いでいる時にその花壇を斜めに駆け抜ける無礼の輩であるこの自分は
申し訳程度に名を挙げてみるのだその苔植物の。
ミズゴケ、ゼニゴケ、モウセンゴケ
靴底の溝にはまり込んでしまう分が育つまでにどれほどの時間を

要したか。

踏みにじった草の名前を挙げながら黄泉から駆け上がってきた
入沢康夫を思い出す。

いや、私、本当に申し訳なくなる。

黄泉から駆け上がるほど急ぐまでの理由はなかった。

異次元から瑣末な日常への飛躍を遂げる速度で駆け抜けたかというと
いや、普通に日常から日常へと渡るだけだから
常歩《なみあし》で歩道を歩く価値しかないなと思う。

小さな樹林を踏みにじるほどの急ぎではなかった。

足もとに絡まった草を今度は丁寧にほどいた宮沢賢治も影絵で想起される。

通過儀礼を終えて戻ってきたこの世界で草を優しくほどいた王子のように
足もとに絡まるわずわらしさがあったとしても
丁寧にほどこう。

ひっそりと明るい繁栄がひろがっている。

うしろの空がきんいろだ

うしろの空が金色だ
あなたのうしろも金色だ
バックミラーに黄金、大団円
迫っている

世界は必ず終わるけど明日じゃない、四十五億年後だよ（伝ウラジミール・プーチン談）
誰しも残された時間はわずかである（蜂飼耳）

二〇〇〇年一月一日、
何もかも終わると思っていた。

がらーんとしていた。
年が明けたその日、目が覚めたのは夕方で
明けてから夕方までの相応の時間が平和にすぎていたことを
(寝てたもんだから) 実感できないまま
茫然と歩いた。

自分のことを物知りだと思っていた小学生の頃、
全然知らなかった「ノストラダムスの予言」ってやつを雑誌『小学三年生』(小学館) で
友達が教えてくれて、それからとても謙虚になれた。
何にも知らなかった。一九九九年以降の計画は白紙になった。
しかしそれもまた音もなく終わった無知の知、一月一日。
一九九九年にはすでにいい大人になっていたはずなのにおかしいって?
いや二十歳越えていたんだがその予言ってやつをどうしてもぬぐい去れないままだったっ
てことをまあ、信じてこの先を聞いてくれ。
あの日、西新宿には誰もいなかった。
あの頃はまだオフィス街だったものだから

盆と正月には当然誰もいなくなった。普通の新宿の、普通の正月だった。

終わったのだった。
やっぱりあの時終わっていた。
あの時の空は赤い。赤い空、
空の色は
示唆に富む。
暗喩的。
毎日の、代わる代わる流れる空模様を
空の色の意味を、
読み取ってしまわない方法がない。
迫りくる暗雲に、明けゆくやさしい藍色に
はたと気づく

なるほど、そうだったのか……

きんいろの地平へ落ちる……しまう
寝てはいけない　終わるから
それだけ決めた。

金環食の倒立像は、
月だ。
――泣くなって。

波からなる都市

色のない河口

河口まで来ていた。
色彩としてでなく
感情としてノワールを
体現させるような
ヘドロ臭の漂う河口に
私、そして魚たちが戻ってきている。
高度経済成長期に予測された未来よりも
ふたを開けてみればずいぶんと自然環境破壊はましだった。

湾岸の整備の改善はさておき
動植物の適応にも一因を置くという。
淘汰とその後の繁栄。
すでにこの湾では何かがあった。
陰惨な殲滅の後の繁栄をみている。
戻ってきた逞しい魚たちに重ねたい。
歴史的なことではなく
個人的な出来事の中にも殲滅はあり、
その後かろうじてつないだひとかけらから、魚たち、
彼らもまた復活したと考えたい。
汚泥に朽ち収まるのをゆるさなかった。
もう一度戻ってきた。
適応してくれた。そのしなやかさを取り上げたい。
依然として飢えている、とある獣の詩を想起しながら
やわ波
凪

凪のない日のただ広い湾に発生する
決意のような
わだかまりのような
もみくちゃにされるような
暖かな日だまりの
起伏
……わざわざそんなこと
思い出さなくともいいようなことまで思い出し……
凪のない日の砂州に
思いあぐねている

草枕、それは風を伴う

久しぶりに草枕してみた
（一晩宿をいただいたわけではなく芝生に単にごろ寝しただけだったけど）
草枕、それはすごい草いきれ（取りこぼさずに深呼吸したい）
這う虫（くすぐったい）
水滴（くすぐったい）
湿気（重さ、これは圧覚かな）を伴う
後頭部を湿らせる生命感
それを吹き飛ばす風（ここは地球だねぇ）
大地の全方向から開かれて
とりあえず持参したページのいかんを問わずに

読み飛ばす
風の速度で

寝ころんで読めるところがいいね
電子端末
パソコンではこうはいかなかったから
そういうのと比較すれば
風の中で読めるってのが
いいのだけれど
読み飛ばし
指先で次のページを指示し
それは左から右へなぞることだけど
いまさら混乱する
指先は紙片の凹凸を触れないと混乱する
いつまでも進まないような気さえする
進行を書きこむ目印が手の動きの変化に反映されないのが不安だ

それに、今後の物語の厚みを知ることができないと
オリエンテーションがつかない
私はいま中盤にいるのか終盤に差し掛かっているのか
これまでは気が散りながら
読み飛ばしていたことを知る
大事なことはページの端にメモをとる
関係のないことも書きこんで行く
でも
筆圧でえぐらないと（あれね、すなわち écrit しないと）
力をそがれる。
ここ（側頭部の奥）にえぐりこむには
筆圧を使っていたんだね
風がページをめくらない
木の葉の影が遮らない
バックライトに概日リズムが乱される
夕暮れ時を知らせない

それは読書を混乱させる
紙に戻りたいな、正直……

飛ばない、揺れない、夢を見ない

あの、ロケットみたいな風袋
滑空するだろうか
　大体、なんでもひらたく折りさえすれば
　切りひらくように空に放れば
　それなりの時間、滑空するけど

オオムラサキ、ヤマキチョウ
聞きたかった
揺れる
その冒険に富んだ

長い手指をかざして
　ひらひら
切りひらくように空にかざせば
それなりの時間、きっと滑空すると思うけど

飛ばない、望まない
逃げも隠れもしないけど
そうは言っても飛翔したい？
避行したい？
この行き止まりから
ひらたくひろがって
眼下ひろがる大河うねり
河川の反射が　まぶしいほどに
飛ばない

そんな時間もそのうち過ぎる

飛行体の羽音と
実体から離れて移動する影とが
かつての日に一度交点を持ちながら
もう二度と交わることなく
ばらばらに乖離していくように
音のない影の世界で
――いつか、到達しようか
――ゆっくりと振り向く
――その、表情の、読めない

さくらの花弁、どこに還る

集めた花弁が五弁にひろがり
そのまま樹木へ育つものと思っていたが
そうではなかった。その時は
還す場所を探す
手放す場所
土に還そう

遠くから来てくれるなり
途絶した詩行、花、その五弁、
(いいかい)

息吹、吹きかけて
（灯す、燃す）
散り散りに（ちり、あくた、粉々に）
　ふわふわしたあたたかい（ふるふるした、やわらかい）
寝床は大地の（空隙の）
熱の風に煽られて
空を漂えば（いくら粉塵でも）
どんな重さの命でも（まだ定義さえないほどのものも）
いずれは着地できるだろう

……（だからこの国は葬送をあのように選んだ。空へ、空へと）

さいごには（めったに使わない方の、さいご）
なんでもいずれ帰す
それまでは（思っていたよりつかの間に）
力みなぎる（めめめんと）

（めめんとなんとか）

（深い森）

森のうぶすな（うぶすなの、つまり生まれた時からすでにして砂の上）
（砂上の楼閣）（礎が砂だったんだ、おぼつかないわけだ）
決してつぶすな（口外するな）
十里塚
帰路は断ってはならないわけだ
秘密だよ
大げさに言えば

明滅で（心拍動で、と、はっきり言えばいい）
輪郭が正確に描けないということが
生きているということのすべてだ。
（宮沢賢治もそう書いたつて吉田文憲も言つてたじやないか）
オワンクラゲを見てご覧よ、なにも特別なことじやない

震えて、輪郭がぶれるという
あまい（定義さえ意味をなさないほどに、もろい）
私たちの境界が
土に還る
それまでの
それだけのこと
花弁、舞う

幾多に、散り散りに
増やして
花
汎用できるようなことではないのに
一般化した物語に回収することで
向き合うことをいまはまだ、
避ける

空に舞う
四月の葬送（むしろ、ほんとに、ありがとう）
土に、空に
還るんだね

ながらへば　またこのごろや　しのばれむ
憂しと見し世ぞ　いまは恋しき
小倉百人一首　八四番　藤原清輔朝臣

返歌　うしとみしよぞ

返歌

ホウライの千本松牧場には今日も牛
なんて詩が、中原中也にあったような（ないない）
詩はなくても牛がとにかく
牧歌的とはこういうこと
ぽかぽか陽気に
暖かな草いきれ
もうもうあちこちから
健康そのもの
穏やかに草を食む、

楽しげに尾が揺れる、
牛がたくさん、
うしとみ、牛富。
そのなかに人気の世界地図模様のホルスタインもいて
この五大陸に、畜産してない場所がないなと
いうことが思い起こされたりする。
グーグルアースに写り込んだ世界の家畜牛八五一〇頭を数えてみると
地球規模でみんな同じ北‐南方角を向いている結果だった
という報告がある*。
ホルスタインたちはその豊富な乳の産生によって
生涯食肉を免れるのかと
無知なる私はかつて淡い夢を見ていた。
サバンナにおいては、ヌーの群れはもちろん、肉食獣でさえ
補食されない最期というものは、原則ない、という
ディスカバリーチャンネルの解説には改めて驚いたが
野生でなくとも畜産も同じだ。最後はまるごと食べる。

食物連鎖でこの体を維持しているということを
学んでくださいという厳しく鋭い食育課題が
牧場入口の
ジンギスカン食堂であるのだろう。
地産地消ののぼりがはためく
新鮮野菜と一緒に牛や羊をバーベキュー。
食欲をそそるよいかおり。
あまりに淡い夢かも
しれなかった。

うしとみ、しよ

食物連鎖の頂点である人類が
ことさら食べられる家畜を哀れがるのも偽善だし
ライオンはサバンナでそんなこと考えないでしょというありふれた
感慨も思い起こされる
　世界の宗教が、食物に深い敬意を忘れないことも思い起こされる。
偽善、なんて観念がそもそも堕落の口実に過ぎない。

敬虔さがすっかり抜けているから善の種類が増えてしまった。
ライオンは、シマウマやヌーの群れ
その圧倒的な個体数を悠長に
けだるく眺めている。
爪を砥ぎ、舌を潤し。

非捕食者は常に数の上で捕食者を圧倒している。

これもまたディスカバリーチャンネルの受け売りだけど
シマウマやヌーは数の上で圧倒的多数である。
ライオンの繁栄を凌駕している。
そうだねぇ。
ふと、
この観光牧場で
人の数が牛の数を上回ることが気にかかる。
子連れの数は牛の数を圧倒している。

大変な繁盛だけど……
いや待てよ、そもそもこれ以上ないほどの繁栄をこの地球上で
迎えて人類はせめぎ合っている。
非捕食者の、数の上での繁栄を
想起する。
生物の原則からすれば、
食物連鎖の頂点だというのは思い上がりということか。
いまだ明らかでない捕食者とは誰なのか。
（クトゥルー神話）
憂しとみし世ぞ、いまはこひしき

＊ Begall S, Cerveny J, Neef J, Vojtech O, Burda H. Magnetic alignment in grazing and resting cattle and deer. Proc Natl Acad Sci USA 2008; 105:13451-13455.

ヤドカリ百年史

宿借り始めて百年。もっとだったかな。
長いという意味を百年のスケールに縮尺した。
「もう百年は経っていたのだ。」知らなかった。
漱石の夢は十夜で終わった。もっと続いて欲しかった。
でもまた始めから読み直す。
夢だから脈絡はおぼつかないけれど
これは始めてからすぐ終わる。また次がすぐ始まる。
生まれては生きる。
どこから来たのかは知らない。
血脈ごとの既視感に貫かれた
群像劇。

こう同じことを繰り返す。
なぜ繰り返すのかという
メッセージは途切れてるっていうのに。
のおある、は了解可能な叫びである。
「遺伝」で遠吠えした朔太郎をまたしても真似る誰か。
どうしてこう同じことを繰り返すのかということれは最初は怒りだった。

憤り、怒り、そういう気持ちが晴れたなら
交代で詩が消えると思っていた。
でも今、もう穏やかな気持ちですすべてを許すけど、
詩は、消えなかった。
傍らに穏やかに佇んで微笑む。
子の成長を見守る祖《おや》、
父たちは、自らの生き別れた父親を探して、
自分の子との共通点を見いだして
いまだ知り得ない父親の像を描こうとしている。

荒川洋治が「骨のあるところを見せて眠れ」と言った、この
醜仮庵《しきかりいお》、この世より、じゃあ
きれいな所があるのなら
きっとそこで合流しようね。
今度こそ、温かな少年時代を送ろうよ。

後ろの正面
だあれ
という、かの無邪気にして謎めいた
甲高い子供の声を
遠い獣の声が追う、とおあある
威圧感だけの薄っぺらい知性が
獣の正体だろうか。
だとすれば私もまた獣の薫陶下であるという
あの朔太郎のジレンマと自負とが
遠くこだましている場所がここ、例えば、

非定型詩という舞台だよ。
そういう場所なのだ。
血なまぐさい脈絡の末に
ここに成就するはずの、機智。

なにかを隠して逃げたお婆さん。
今度こそ
行きっこなしよ。
私たちは手がかりを追って
どうだ、
ここまではたどり着いた。
どこから来たのかは誰だって知らない。
同じことを繰り返している、それを知る。
それだけが個人の消滅の恐怖を緩和させる、
この機智、子供たちの面影が
当初のなぜへの一旦の答えでもある。

石英の熱特性に応じた使い方

――友人 *Gombvee innominata* へ

放課後、
と書き出すのはなにかナイーブなことを語ろうとしている魂胆が露骨なので
正直照れが入るのだが本当にその放課後のことを書こうとしているので仕方ない。
透明な午後。
午後早い、明るい空はマグリットの空色で、
花崗岩の古い校舎をひんやりと鎮め、それはかろうじて私たちの知恵熱を冷ました。
放課後の地学実習室は西日が入り日中より暖かく
モース硬度標本から石英を取り出す。
ひたいにあて、
熱を冷ましながら
　地球の端っこで、ひどく端っこにいるなぁとひしひしと思いながら

私たちは哲学者気取りで世界の不思議にとりかかる。
天球儀と地球儀とを両手で逆巻きに回転させ
　原始の海に光ったのはあれは雷光なのか
　月は本当に隕石に弾かれた地球の片割れなのか
　この石英が太陽光を散乱させて地球の始まりを照らし出すその時を
実証しよう、なんて鼻息荒く、高踏気取って、
　今からなんだってできるよ
　ブラックホールと時間の謎を問い詰めていくと
　死に似ているよね、これって。
　考えるほどに地球儀の自転が止まる
しょせん地球「儀」の自転なのだけどその場ではとても重要で意味深な停止がふいに
　止めないで、早く、回そうよ、なんにだってなれるよこれから
二人は十九世紀の学者ごっこに夢中で、だから、いつの間にか世界に
はじかれた
爽快だった

あのころ、
冷たく湿った花崗岩の階段を好んだ。
友人七篠《ななしの》、まだこの詩の届くところにいてくれているだろうか。
　いやもう届かないのはわかっている。連絡を絶ったのは自分の方だ。
約束の日に日食がかぶるのは避ける。
これからも
努めて避ける、努力する。
日食の空を見上げたい、けれど、
見上げない。
さっきまであんなに晴れて暑かったのに急に寒さが来た
すぐに日食のせいだとわかったから
曇りとはぜんぜん違うぞっとするような空気で蝕が来たのがわかったから
見上げない。
空ばかり眺めるのはもうやめた。
けれど
やっぱり空を仰いだあの日、

仕事帰りに
月食に気づいた。
あ、月が蝕まれている。
あの時も声高に指摘せずに
すぐに車に乗り込んだ。
これからも
他人の影はことさら踏まない。
特に頭の部分はね。
いまでも幼稚な取り決めは守る心づもりでいる。

何が吉で何が凶かは今はまだわからない。

再会するなら
言葉ってものの正体が、私たちの内省のためでなく
あの、どこにでもあって誰でも使っている、伝達性、
伝えたいっていう気持ち

伝えたくなかろうが伝わってしまうっていう完全に開かれた
相互理解の媒介だったんだ、っていう大発見を伝えるから
まず
心をえぐる、そのつもりでいて。
私たち、言葉を使っては、自分の内側にこもれないんだ。
言葉は、あの頃、大した理由なく嫌悪した、
相互理解ってやつのための装置だったんだ。
リンゴの描写は一つの実物のリンゴに勝てないなんて谷川俊太郎が言うから
自分で気づくより先に言われてしまったから、
却ってかたくなにリンゴ以上の描写を捻出しようとしてきた
けどあれは
徒労だったんだよ。知ってた?
私たち、言葉を重ねても重ねても、実体の輝きには、負けた。
その心づもりで待て、ってね。

光ル

備忘録をかたっぱしから開いた。
手持ちの手帳、パソコンの雑記、
書きなぐっては顧みないメモ、
そこらへんを手当たり次第探して、
何か書き付けるための言葉を探した。
言葉には届くものと届かないものがあった。
いつもぎっしり詰め込んで大海に投瓶しても
瓶がどこかの浜辺に着く頃には中身はすでに朽ちている。
連絡が途絶えた友人だとか
亡くなった理知的な詩人だとか

道ばたにうずくまる大きな塊が実はフクロウだったとか
偶然のタイミングでポンっと目の前に現れた
数々の重要な出来事が
不用意に私のところで途切れてしまう。
大切でももはや手の届かない人たちについて
悲しい詩を書いても途中で取りこぼすような伝え方しか
できてこなかったことが、ごめんね。
謝る。偶然であっても私に託された心象を
伝えきることができなくてすまない。
今日はさらに
何を伝えようと思っていたかさえ
忘れてしまった……

　メッセンジャーを忍ばせた。午前零時にこの頁を開くなら
忍び出すサルがいるはずだよ。

記憶に留めておくということ。
光のひとすじが
詩の一行が
事の顚末《てんまつ》を広げる。
つまびらかにする。
わかりにくいごちゃごちゃしたものを一つ一つ広げて
展開する。気持ちを
明らかにして
ここに留めるというのが比喩ならば
比喩を明示してその輝きを焼き付けようと思う。

ひかりのみなもと

手を振る、手を振る
呼びかけ、すると振り返る
（たしかそれはモネの日傘をさした婦人で）
土手の上の笑顔は、柔らかい眼差し、であるはずだ
……どんな顔をしてくれていたか正直よく思い出せない
おそらく柔らかい眼差しだと思われるのだが
まぶしくてよく見えない
逆光で、というのは言い訳で
本当は
その眼差しは光の源だから、
まぶしくて見えないのだ

私には、なによりもまぶしくて、
　よく、見えない

質問「詩を書く理由」ですか?
なぜ社会人にもなってナイーブな、いわゆる中学生のような
蛇足というか余分な感じのする　詩　なんてものを書いているのですか?
どんな理由でそんな余計なことをしているのですか。
よく聞かれます。
たしかに蛇足かもしれませんが
習慣みたいなもので、蛇足というより
頭痛の緩和になるような
いやむしろ頭痛の前兆として書いてしまうのか
内にこもる有様は
昨今さぞ違和感があると思われますが
違和感を与えてしまう軋轢から生じるちょっとした弾かれ具合や
嫌悪、むなしさを解消させるリラクゼーションなんですかね

消化させるエコ思考
昇華させるポジティブ志向
そこで作品が着々と加工されてくると
当初のむなしさなんてものはどこかへ行き
そんなこと全部
なかったことにしてくれるというこれは作品の意志、
この世界を組み替えてくれる、
もはや自分の意志の外のことで
読者は私、私が読むために書かれる場合もあって
浄化してくれるという思い上がりで
書くのかもしれません。
でも、その反対に、現世が現実以上に醜悪に修飾されていく加工もありえます。
暗い意図
宗教的な祈念
人類学的な操作
などで、それこそ中学生の頃、いや実はごく最近まで

言葉が一見、現実社会を凌駕するように思えていました。
でも、
言語中枢は補足運動野《ほそくうんどうや》の近傍にあって、
ミラーニューロンシステムの組み上げる理解体系であるという
その仮説を知るに至り
自己に閉ざされた言語世界が繁茂し現実を凌駕するわけでなく
新たな理解体系、すなわち理解という　常に開かれた世界　が
立ち現れるだけだとわかりました。
言葉が成立した時点で過去、その言葉が表徴してきたあらゆる事象とつながり
そしてそれは瞬時に他者に理解されうる形すなわち言語であるという時点で
たとえ他者が実際には不在であっても現実からそう遠くなく
ひいき目に言っても現実に地続きの仮想世界が
成立します。そうです、どんなにその言葉が描くても。
理解を媒介にした体系は
思っているよりずっと実体に近似している
そのような繁茂でしかない

ツタのように自己に根を持ち広がる繁茂ではなく、
鏡の反映のように、たとえ自己の似姿であろうと分身、他者が
増殖する広がりを見せる
言葉は伝達から切り離せない。言葉は他者、つまりもう一個体から切り離せない
ということを知りました。
言葉を繰り出す度に、懐かしい亡霊のように立ち現れるもう一人がほら、います。

ツタの生い茂る城への籠城、
閉ざされた世界の構築を欲して書き始めたとして、
いまではその目的も根拠から崩れたわけですが
それでも書き続けている、
書く理由、
実を言えば、一編ごとに、「その詩を書いた理由」っていうやつが
あるわけです。
書き続ける理由、
原動力、

それが、実は、わかりません。
なぜ書き続けるのか。
なぜ生まれるのか、に近い
なぜこのように生まれ死ぬのかに近い問い、
なぜ書き続けるのか、それはまだ
見えてこない。
暗い回廊の先、
あれは出口なんでしょう、
そこから差し込む光、その
光の源が
まばゆく
見えない
そんな強い光を放つ
つまり強く、とても大事な
源だということだけが
確かなことです。

詩人の爪

爪は残る。
爪痕だけでなく。
爪は立てるものあるいは隠すもの。
身体の末端の血の通わない
白く透き通った尖る凶器だ。
骨の硬さはない。
でも残る。
ただの角質なんだって、ウィキによるとね。
だけどもあとに残る。
角質だから日々伸びる

その分だけちまちまと
たまに切る。
切ればあたりに飛び散って
しかも残るから
刺さる。
いつ切った破片なのかこれ
刺さる。
素足に刺さる。
痛い。
ぐさっと胸に突き刺さるのだよ、きみ。

これらはすべて比喩だ。
作品をずっと読んできた私は読者で
あなたは気鋭の詩人で批評家だった。
手紙を書きかけだったのだが投函することなく時間は過ぎた。
届ける前に訃報を知った。爪だけ残して。

批評の強度から、作品が残る確信があったから立ち去ったのだと
思い込んできたが違ったみたいだ。
その時何を知ろうとしたのか教えてほしいというこの手紙、
燃す。
暗雲を焚いて
低い曇天に一筋ゆらぐ灰燼を立てた。
灰色のあれってやつはどうして上昇するんだろう。
熱による上昇なのだけど
地に足をつけたこの生活からは
不穏なまでに軽くなって
上昇する。
取り残された私たちは
ゆくえを見上げていくしか。

読むことに労力の要る書物

静かの庭
尖頭アーチ窓の向こうに、中庭が見える。
校庭のようにも、修道院のようにも見える。
咲いているのは薔薇だろう。ボルヘスの内なる薔薇かもしれない。
時間をかけて手入れをされた中庭、
取り囲む回廊を歩く。
中庭の光のまぶしさのせいで暗い足取りは目につかず
手探りで柱の隙間を渡る。
カビのにおいをたどって、人目につかない図書室まで行き着く。
よく失くす、よく見失う

その大きな扉の手前と後ろに階段がある。
重い足取りで一段ずつ上り
体重をかけて扉を開く。
ほっとする。
時期が来て虫干しされるまでなかなか手に取られない類いの古い本を
ことのほか愛している。
日のあたらない日の目を見ない、真っさらな詩行を一人開く。
（この場合、どのような論文も、それぞれに詩行にほかならない）
ほこりを払い、カビをあらためて
一つずつ手に取り
自分がいくつ振り返ったかを
ページ数に換算して
懐かしむ。

フィルムの巻き戻しのような足取りで
やや「後ろのめり」になりながら

もう長い間誰も足を踏み入れていない
百年のほこりの上に足を添えると
沈み込み心地いい。
それだけの歳月に磨かれたほこりは、
新雪のクッションのようにキュッと鳴るのだ。
手すりをガイドに大きな階段を下る。
光の広間に出る。
座り心地のいい椅子に座る。
ひもとく
ずいぶんと厳重に封された書物は
歳月の絵巻、
広間の端と端とまでを結んでもまだ足らず
長く長く、その伝えたいことのもどかしさを
一語ずつの長さに投影させて、
融合している。

記されているのは好事家へのなぞかけ
各国語で「二」が様々な音であるのはなぜか。
広大な背景を持ったなぞなぞを解こうと試みる。
はて、一の数字の読みはグラデーションをたしかに描き
隣国と隣国とを結ぶ交易だとか愛だとか
文化国境を超えた頼み事によって結ばれた関連と
そして微妙にずれていく勘違いを
鮮やかに描き出すように
似通っている。
けれど「二」はなんとなく多様である。
一つから二つになったとたんに、相違が明らかになる。
たった二人集まっただけでもう一人と一人に分断される。
二はなんだか自分らしさを、独立宣言を、気丈なはねつけを
唐突に打ち出して
浮いている。
不思議だ。対になるような、もう一つ必要であるような

他者を要する数であるのに。
もう一つを予感させ、孤立するにはあまりに不安定な数を示す音が
これほど独自であるなんて。
事実と私とは切り離すことができる存在であると言うのなら
意味と切り離して、伝えることをやめてみせる。
その時に、でも、生き残ることはできるだろうか。

おや、これはこれは。
生まれてすぐ、どんな者にも
自らの名前を解さない時間がある。
早ければ喃語が出る頃には、失われる時間であるが。
ごく短いその期間、
庭に鳥も虫も
鳴いていない。
咲いている。
静かであり続ける。

系統樹に灯る

あの丘陵に立ち尽くす無数の榎、
その中の最も高い梢を探すこと。
夏至の日、午後三時の陽射しが作る
長い梢の影の下、
その場所を掘るように。
　杜子春たち、
榎の樹液を求めて
ここには多くの成虫が、成獣が集まるのだろう
姿は見えないが
落ち葉を踏みしめる音がするから

わかる
かさかさと
羽音
あるいは長い尾を引くトカゲであったか
笹の中に隠れた山鳥
蝕《はむ》む蝕《はむ》むと苦虫をかみつぶしていたlarvaの頃には想像もしなかった
触手をえて、「触角」の長さだけ広い範囲の世界を知覚できる
何が必要かもわからず
欲し
飛ぶ、代わりに
これまで引きずらなかった影を
離れた地面に投影させ
自分の輪郭を見知ることになる

どんなことも悔いるほど貧弱である必要などない
何度でもやり直すことができる

その恩寵に感謝する

オオムラサキ
紫の大きな翼が
森林限界をかき分けて飛ぶ
かつての翼竜のような自由を風に
旋回し
雨の日のツバメのような地面すれすれの
加速をし
catapillar 時代の抑圧を脱して
二転三転と体を回し
樹木の隙間を縫うように
木立を散らす風を起こす
　はばたく

人間らしい普通の生活を得た後の杜子春は

梢の下を掘りに出かけたりは、もうしなかった。
ヒトは幼形成熟だからこそ
柔らかい腹を持つことはあくまでも悔恨である。
外骨格を持たなかった弱さ
そんな夏型を想定し、
秋の収穫に向けて
祈るように
開墾に努めた。
連綿と続く、この美しい田園の継承に努めた。

あとがき

収録詩篇の展開に、イメージの影響を受けたか、語句の引用をした著作がある。芥川龍之介、荒川洋治、入沢康夫、小笠原鳥類、斉藤倫、谷川俊太郎、寺山修司、中原中也、夏目漱石、鍋島幹夫、野村喜和夫、萩原朔太郎、蜂飼耳、藤原清輔朝臣、ホルヘ・ルイス・ボルヘス、松井孝典、宮沢賢治、吉田多雅子、吉田文憲、安川奈緒、ハワード・フィリップス・ラヴクラフト（五十音順、敬称略）。

日本語の書き言葉には右上という始まりがあり、後続する言葉は前述した言葉を負って存在し、同じ単語でも意味を変じて後戻りはできないという時間の流れがある。読書に開かれた時間は、左下の句点で終わる事はなく、安全な場所だと高みの見物をしていた読み手の時間にも入り込んできて、閉ざされることはない。こちら側の持ち札の言葉の意味まで書き換えていく。

そんなことができる言葉というものの正体を問いつめたいと思っている。

現時点でひとつの答えとおぼしきものに「ミラーニューロン*」がある。マカクザルで見出されたミラーニューロンは他者の行為を目撃したときに自己の行為でも発火する同じ神経細胞が反応し、目撃した他者の行為の理解として作動する。このミラーニューロンが分布する脳領域の一部がヒトで言語野に発達しているという仮説がある。言葉が発される時、他者がいようがいまいが、他者の理解という鏡を介して成立するということだ。

そこにあるものが言葉なら、誤読はあっても理解は瞬時に成立してしまう。言葉をベースにした思考ならば、たとえ他者を拒んでも、伝達性を介して他者が同時に立ち現れる。

書き散らかした詩篇を詩集にまとめるには、強い動機を要した。その際に、全体への俯瞰的なインスピレーションを得た絵画作品がある。宴車《うたげぐるま》氏の作品「ニュー母胎樹」からは、本書の詩篇を繋ぐイメージとして、生命の連続性と細部の差異とを分類する「系統樹」の着想を得た。宴車氏に表紙を描いていただくことで、たとえば学名の羅列であるような系統樹であっても、今一度生物として血を通わせることができるかもしれない。

＊ジャコモ・リゾラッティ、コラド・シニガリア、柴田裕之訳、茂木健一郎監修『ミラーニューロン』（二〇〇九年、紀伊國屋書店）

初出一覧

よすみの耳で以て夜をひらく　総合文芸誌「鹿首」創刊号　二〇一一年四月（「よすみの耳をもって夜をひらく」改題）

遠来　「ユリイカ」投稿欄、青土社、一九九九年四月号（「遠らい」改題）

氷菓スペクトル　web同人誌「詩客」二〇一二年五月十一日号（「人海スペクトル」改題）

むい　も　うい　もおなじむじなの　web同人誌「詩客」二〇一二年十一月九日号

さび川リバー　web同人誌「詩客」二〇一二年七月十三日号（「コレハスミタス」改題）

穏やかなる思惟に触れて　「現代詩手帖」二〇〇八年七月号、思潮社（「穏やかな思惟に触れ、触れるにつれ *Pastorale imperfecta*」改題）

ある朝の日常　web同人誌「詩客」二〇一三年十一月十五日号

うしろの空がきんいろだ　web同人誌「詩客」二〇一三年三月十五日号

波からなる都市　同人誌「豆」四号、二〇〇七年十月（「波からなる都市 *Metropolitan imperfecta*」改題）

草枕、それは風を伴う　web同人誌「詩客」二〇一三年七月五日号

飛ばない、揺れない、夢を見ない　web同人誌「詩客」二〇一四年二月一日号

さくらの花弁、どこに還る　web同人誌「詩客」二〇一四年四月五日号

返歌　うしとみしよぞ　web同人誌「詩客」二〇一四年六月七日号（「うしとみ」改題）

ヤドカリ百年史　web同人誌「詩客」二〇一三年九月六日号

石英の熱特性に応じた使い方　「現代詩手帖」二〇一二年六月号、思潮社（「石英の可憐な使い方」改題）

光ル　「現代詩手帖」二〇〇九年九月号、思潮社

ひかりのみなもと　web同人誌「詩客」二〇一三年五月十七日号

詩人の爪　web同人誌「詩客」二〇一二年九月十四日号

読むことに労力の要る書物　同人誌「鐘楼」十二号、二〇〇九年二月

系統樹に灯る　「現代詩手帖」二〇一五年七月号、思潮社（「系統樹　L'arbre de vie」改題）

＊なお、詩集に収載するにあたり、全編に改変を加えた。

駒ヶ嶺朋乎（コマガネトモオ）

一九七七年生まれ。
二〇〇〇年第三十八回現代詩手帖賞受賞。
詩集に『背丈ほどあるワレモコウ』（二〇〇六年、思潮社）。栃木県在住。

系《けい》統《とう》樹《じゅ》に灯《とも》る

著者
駒《コマ》ヶ《ガ》嶺《ネ》朋《トモ》乎《オ》

発行者
小田久郎

発行所
株式会社思潮社
〒一六二―〇八四二　東京都新宿区市谷砂土原町三―十五
電話〇三（三二六七）八一五三（営業）・八一四一（編集）
FAX〇三（三二六七）八一四二

印刷・製本
三報社印刷株式会社

発行日
二〇一六年十月二十日